D'AUTRES TITRES DE JACQUES DUQUENNOY DANS LA COLLECTION ZÉPHYR :

Le Fantôme de neige

La Croisière fantôme

Les Fantômes au Loch-Ness

Les Fantômes à la cave

Le Dîner fantôme

© 2013 Albin Michel Jeunesse – 22, rue Huyghens, 75014 Paris – www.albin-michel.fr
Loi 49-956 du 16 juillet 1949 sur les publications destinées à la jeunesse
Dépôt légal : second semestre 2013 – N° d'édition : 20691 – ISBN-13 : 978 2 226 24939 5
Imprimé en Italie par Europrinting S.p.A

JACQUES DUQUENNOY

L'ÉCOLE FANTÔME

ALBIN MICHEL JEUNESSE

Dans le grand couloir
de l'École Fantôme,
Henri, Lucie, Georges
et Édouard attendent que
leur professeur Passe-Passe
les appelle.

– Entrez !

Non, pas par la porte, voyons!

À travers les murs! À 296 ans, on doit savoir
passer à travers les murs, tout de même!

Bien. Pour commencer, cette nuit,
on va apprendre à déplacer les objets à distance.

On se concentre très fort sur un objet…

Et hop! il peut se déplacer tout seul!

À vous.

Bon. Ce n'est pas mal pour un début !

À présent, je vais vous apprendre…

à devenir…

invisible.

C'est très simple. Il suffit de compter dans sa tête
jusqu'à 10 en moins de 1 seconde. À vous.

Très bien !

Et maintenant, emmenez vos chaises,
et suivez-moi, on va en salle de sciences.

On s'installe et on compte à l'envers dans sa tête
de 10 jusqu'à 0 en moins de 1 demi-seconde.

Parfait. Maintenant, approchez-vous de cette petite boîte.

Il y a eu
un heureux événement
à l'école cette nuit.
Une petite araignée
est née à 23 h 55.
Elle s'appelle Filoute,
elle mesure 3 millimètres
et pèse 1 gramme.

Nous allons pouvoir étudier toute l'année
son comportement, son alimentation et sa croissance.

Le reste du temps, elle est libre d'aller et venir
où elle veut dans l'École Fantôme.

À présent, petit cours pour apprendre
à faire revivre les plantes mortes.

Une simple position des mains sur les bords
du pot donne d'assez bons résultats en général.
Regardez si elles sont belles, mes immortelles !

Bien. Georges, tu t'occupes de leur entretien
et tu nous rejoindras en salle de sport quand tu auras fini.

Et rajoute un peu
d'engrais universel

avant de l'arroser !

Ça y est, Georges, tu as fini ?

– Oui, oui, j'arrive !

– Bien. Tout le monde est là…
Petit entraînement au vol quotidien.

Relaxation… concentration… décollage…
Super.

Et maintenant…

tous en salle d'astronomie !

Observez la petite étoile très brillante dans la lunette astronomique. C'est Saturne. On voit bien son anneau.

– Waah…
elle est super agrandie !

Elle est complètement magique
cette lunette astronomique !

Boum !

BOUM ! BOUM !

BOUM!

– Au secours ! C'est Filoute !
Elle a dû absorber de l'engrais universel !

– STOP !
Arrête-toi et retourne-toi vers moi !

Et hop !
Un petit coup de lunette astronomique à l'envers…

et voilà le travail!

Qui est-ce qui commande ici?
Non mais tout de même!

Allez, hop!
Tout le monde en récréation,
maintenant!